TABLEAUX

MODERNES

PROVENANT DE LA

Galerie de Commerce de M. BINANT.

<hr>

EXPOSITION

Le Dimanche 26 Février 1860, de 4 heure à 5 heures.

<hr>

VENTE

Les Lundi 27 et Mardi 28 Février, à 2 heures précises.

Me Eugène ESCRIBE, Commissaire-Priseur.

M. Francis PETIT, Expert.

RENOU ET MAULDE, IMPRIMEURS DE LA COMPAGNIE DES COMMISSAIRES-PRISEURS
144, rue de Rivoli.

CATALOGUE

DE

TABLEAUX

MODERNES

PROVENANT DE LA

Galerie de Commerce de M. BINANT

DONT LA VENTE AURA LIEU

PAR SUITE D'INSTALLATION NOUVELLE

Les Lundi 27 et Mardi 28 Février 1860,

A DEUX HEURES PRÉCISES

HOTEL DROUOT

Salle n° 5

Par le ministère de M. **EUGÈNE ESCRIBE**, Commissaire-Priseur,
Successeur de MM. POUCHET et RIDEL,
217, rue Saint-Honoré,

Assisté de M. **François PETIT**, Expert, rue de Provence, 43,

CHEZ LESQUELS SE DISTRIBUE CE CATALOGUE.

EXPOSITION PUBLIQUE

LE DIMANCHE 26 FÉVRIER 1860, DE 1 HEURE A 5 HEURES.

1860

CONDITIONS DE LA VENTE

Elle sera faite au comptant.

Les Acquéreurs paieront, en sus des Adjudications, cinq pour cent, applicables aux frais.

DÉSIGNATION

DES

TABLEAUX

JULES ANDRÉ

1 — Paysage. Coucher de soleil.

Mme APOIL

2 — Fleurs et fruits.

Mme BRUYÈRE

3 — Fleurs.

BLANCHARD (THÉOPHILE)

4 — Paysage.

BERNARD

5 — Une Bacchante.

(Pastel.)

BROCHARD

6 — Deux jeunes filles.

(Pastel.)

BEAUME

7 — Le Petit Chaperon rouge.

8 — Les Bouquets.

9 — Le Nid.

10 — Le Paiement des fermages.

11 — Plage de Saint-Valery-en-Caux.

12 — La Jeune Mère.

13 — Enfants à la fontaine.

CARON (PAULINE)

14 — Jeune fille à l'oiseau.

CELLIER

15 — La Morale de la grand'mère.

CHANDELIER

16 — Fontaine près d'Alger.

CICÉRI

17 — Paysage, effet du soir.

COURT

18 — Sainte Thérèse.

COËDES

19 — Blonde.

(Pastel.)

20 — Brune.

(Pastel.)

(Avec le droit de reproduction.)

J. COIGNET

21 — Le Vieux pont.
22 — Gorges de montagnes.
23 — Site d'Orient.
24 — Paysage.
25 — Fabriques.
26 — Nature morte.

J. COIGNET

27 — Cascade en Suisse.
28 — Vue du couvent de Sainte-Scholastique dans
la Sabire.
29 — Plaine des Tombeaux au Caire.
30 — Nature morte.
31 — Retour du pâturage.
32 — Lisière d'une forêt le soir.
33 — Torrent dans la Forêt-Noire.
34 — Pâturage.
35 — Bords du Nil.
36 — Cascade.
37 — Vue de Syrie.
38 — Cours de la Mourgue, à Forbach.
39 — Bords de la Marne.
40 — Chaumière normande.
41 — Le Château de Falaise.
42 — Un Moulin près Sens.
43 — Chaumière en Normandie.
44 — Moulin.
45 — Un chemin creux.
46 — Ruines de l'abbaye de Tom-les-Saints.
47 — Une Ferme bretonne.

COUDER

48 — Fleurs et fruits.
49 — Id.   id.   Forme ovale.
50 — Id.   id.   id.

DUCLOS

51 — Tête de jeune fille.

(Pastel.)

DUBUISSON

52 — Chèvres.

DUMAS (ANTOINE)

53 — Le Duo.

DEVOS

54 — Chiens.

DEDREUX

55 — Piqueurs.

DUPRÉ (JULES)

56 — Paysage.

DORCY

57 — Tête de jeune fille.

DORCY

58 — Les Quatre saisons.

(Quatre Pastels.)

DIAZ

59 — Paysage ; dessous de bois.

DUVAL LE CAMUS

60 — Têtes de femmes.

(Deux Pastels.)

DESHAYES

61 — Nature morte.
62 — Environs de Cernay.
63 —   Id.   Id.
64 — Paysage.
65 — Vue de Hollande.

Mme DEMARQUAY

66 — Jeune Bretonne, d'après Delacroix.

(Pastel.)

67 — Brune, d'après Brochard.

(Pastel.)

68 — Blonde.   id.

(Pastel.)

Mᵐᵉ DEMARQUAY

69 — L'Été, d'après Coëdes.

(Pastel.)

70 — L'Automne,   id.

(Pastel.)

DURAND (GABRIEL)

71 — Le Bracelet.

(Pastel.)

72 — La Lecture.

(Pastel.)

73 — La Prière.

(Pastel.)

74 — La Marguerite.

(Pastel.)

(Avec le droit de reproduction.)

ENGELHARDT

75 — Paysage.

FRÈRE (THÉODORE)

76 — Un Chameau de Smyrne.

77 — Le Bosphore.

FLEURY (LÉON)

78 — Paysage.

FORT (Mᵐᵉ ÉLISA)

79 — Bords du Loing , à Moret.
80 — Ruines du château des Grès.
81 — Environs de Pignerol.
82 — Restes du couvent de San-Francisco.

GUDIN

83 — Marine.

LÉON GOUPIL

84 — Soldat de Cromwel.

O. GÜET

85 — La Perruche.
86 — Le petit Chat.

GUÉ

87 — L'Enfant mordu par un chien.
88 — Sainte Famille.
89 — Les Noisettes.

GABÉ

90 — Marine, plage.

91 — Enfants jouant.

92 — L'Armée renversée.

93 — Les petits Pêcheurs de crabes.

94 — Les petits Pêcheurs d'équilles.

95 — Les petits Pêcheurs de moules.

(Ces trois derniers avec le droit de reproduction.)

HÉROULT D'APRÈS ISABEY

96 — Promenade sur le grand canal à Venise.

HUGUET

97 — En Orient.

98 — Marabout dans la Haute-Égypte.

HÜYGENS

99 — Fruits.

100 — Fleurs.

HUBER

101 — Environs de Nemours, d'après Giroux.

102 — Environs de Fontainebleau,   id.

HOGUET

103 — Nature morte.

104 — Id.   Id.

105 — Marine.

106 — Plage d'Étretat.

107 — Paysage.

KRUSEMAN

108 — Hiver.

KIORBOE

109 — La Proie disputée.

110 — Chasse aux loups.

111 — Chasse aux daims.

KUWASSEG

112 — Les Bords du Rhin.

LAMBINET

113 — Les Saules (Environs d'Écouen).

LEICKERT

114 — Hiver.

115 — Paysage, hiver.

F. LEGRIP

116 — Paysage ; Vue de Normandie.

117 — Marine.

LEPOITTEVIN

118 — La Maison du pêcheur.

LÉCUYER (LÉONIE.

119 — Écurie.

LAPITO

120 — Vue de Bastia (Corse).

LAZERGES

121 — Mater Dolorosa.

122 — Christ.

123 — Descente de croix.

LECARON

124 — La Vierge au raisin.

LEPAULLE

125 — Le Christ.

LENFANT (DE METZ)

126 — La Chèvre.

127 — Un Musicien.

128 — La Poupée.

LEMMENS

129 — Nature morte.

130 — Paysage.

131 — Intérieur de rue.

132 — Basse-cour.

133 — Intérieur de cour.

134 — Basse-cour.

135 — Intérieur d'un fournil.

136 — Paysage.

137 — Paysage.

138 — Paysage.

139 — Paysage.

140 — Marine.

141 — Paysage.

141 bis — Lapin.

MOZIN

142 — Le Cabestan.

143 — Falaises.

144 — Les Contrebandiers.

C. L. MÜLLER

145 — La Déclaration.
146 — La Séduction.

MARTIN

147 — Enfant de chœur étudiant sa musique.

MAYERHEIM

148 — Famille de pêcheurs.

NOËL (JULES)

149 — Falaises d'Etretat.
150 — Côtes de Normandie.
151 — Falaises de Quiberon.
152 — Côtes de Normandie.
153 — Fécamp.
154 — Ile de Rhodes.

JUSTIN OUVRIÉ

155 — Elmerich, sur le Rhin.
156 — Venise.

PEZOUS

157 — Joueur de cor.

PATEL

158 — Paysage.
159 — Paysage.

ROBIE

160 — Fruits.

RENIÉ

161 — Nature morte.

RÉMOND

162 — Campagne de Rome.
163 — La petite Cheideck.
164 — La grande Cheideck.
165 — Villa Sommariva (Est).
166 — Villa Sommariva (Ouest).

ROEHN

167 — La Toilette de l'enfant. Scène italienne.

SLINGNAYER

168 — La Mort de Nelson.

SPOHLER

169 — Canal gelé.

SUTTER

170 — Paysage.

SEIGNEURGENS

171 — La Rencontre.

SCHOPIN

172 — Jeune fille blonde.

SORIEUL

173 — Épisode d'Inkerman.

SALMON

174 — Gardeuse de dindons.

THUILLIER

175 — Vue prise en Dauphiné.
176 —   Id.   Id.
177 —   Id.   Id.

TRONVILLE

178 — Falaises d'amont, Etretat.
179 — Falaises d'aval,   Id.

ULYSSE

180 — Soldats dans une taverne.

VANDERBURCK

181 — Paysage.

VILLERET

182 — Église de village.

VOILLEMOT

183 — Une Position délicate.

WATTIER

184 — Causerie dans un parc.

LE TITIEN (D'après)

185 — La Vierge à la pomme.

NETSCHER (D'après)

186 — La Partie de musique.

NETSCHER (D'après)

187 — Le Duo.

METZU (D'après)

188 — Femme cachetant une lettre.

METZU (D'après)

189 — Le Maître d'école.

TERBURG (D'après)

190 — La Toilette.

VANDERVERF (D'après)

191 — Agar chassée par Abraham.

MURILLO (D'après)

192 — Vierge et Enfant Jésus.

MURILLO (D'après)

193 — Tête de Madeleine.

RAPHAEL (D'après)

194 — Vierge à la Chaise.

RAPHAEL (D'après)

195 — Vierge et Enfant Jesus.

Mme LEBRUN (D'après)

196 — Jeune fille portant un panier de fleurs.

MAYERHEIM (D'après)

197 — Femme du canton de Berne.

JACQUAND (D'après)

198 — Le Page indiscret.

BEAUME (D'après)

199 — La Sortie de l'église.

DELACROIX (D'après)

200 — Le Départ.

DELACROIX (D'après)

201 — Le Retour.

HILLEMACHER (D'après)

202 — Le Château de cartes.

RENOU et MAULDE, Imprimeurs de la Compagnie des Commissaires-Priseurs, rue de Rivoli, 144. 720